KB264775

상처에 사과를 했다

이 도서의 국립중앙도서관 출판예정도서목록(CIP)은 서지정보유통지
원시스템 홈페이지(http://seoji.nl.go.kr)와 국가자료종합목록시스템
(http://www.nl.go.kr/kolisnet)에서 이용하실 수 있습니다. (CIP제어
번호 : CIP2019006810)

시와정신詩選 _016

오영미
시 집

상처에 사과를 했다

|시와
정신|

● **시인의 말**

결국, 우리는 사라집니다

사라진다는 것은 다시 태어난다는 것이겠지요
내가 아닌 다른 사람이 피고 지는 것일 테지요

상처를 입은 자연에게
상처를 입은 사람에게

아픈 사람 더 아프게 해서
힘든 사람 더 힘들게 해서

상처를 준 모든 것에게 사과합니다

잘못하고도 미안하다는 말이 나오지 않아서
잘못된 것인 줄 알면서도 고집으로

이미 엎질러진 물이라서
어차피 벌어진 일이니까

부끄러운 핑계로 우긴 적 많았습니다

이 시집을 빌어 모든 상처에 사과합니다

2019년 봄
오영미

차 례

· 일러두기

한 연이 첫 번째 행에서 시작될 때는 〉로 표시합니다.

시와정신詩選 016

상처에 사과를 했다

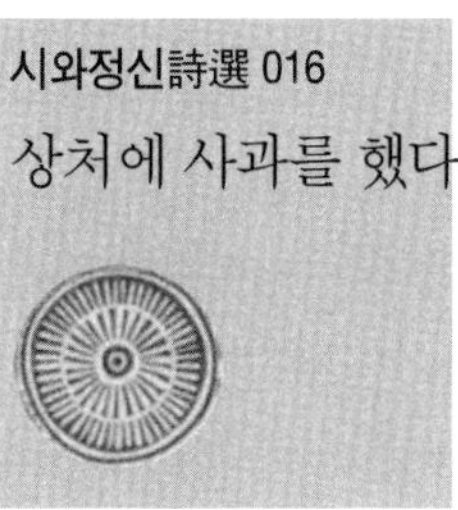

제
1
부

시작

시작을 위한 시작
시작의 절정을 알리듯
하루 시작하지 않으면 시작으로부터 멀어져요
미친 듯이 시작해야만
뱃속이 편안해지고 마음의 여유가 생겨요
시작을 못 하면 남은 시간이 시시해요
시작을 위한 시작의 거리
나의 시작으로 당신의 시작을
오롯이 새로운 시작들
매일 시작하는 시작
내가 시작하고도
너를 시작하고도
서로 시작하고도 발뺌하는 시작들
이제 나의 시작이 너의 시작으로 들어가요
언제나 시작은 시작을 위해 시작하는 것
그 시작을 들여다보아요
아주 천천히 내가 너에게로
네가 내게 시비를 걸듯이

치매라서 몰라볼지도 몰라요

1

할머니가 널 몰라볼지도 몰라 할머니가 많이 아프셔 그러니까 보러 가야 해 엄마도 맨날 물건 잃어버리잖아요 뭐 찾는다며 정신없으면서 야, 게임 좀 하지 마 눈 나빠지면 어떡할 거야 걱정하지 마세요 엄마는 맥주나 마시세요 애가 요새는 말끝마다 대꾸하네 엄마가 말실수하는 거예요

2

포테이토는 케첩 맛이야 케첩을 얼마나 많이 찍어야 하는지 알아? 걔 신랑은 뭐 하는지 아니? 누나든 아줌마든 할머니든 하고 싶은 대로 하라고 해 밥도 잘 안 먹고 너를 미워하진 않아 아는 동생이 연락이 왔는데 갑자기 이러는 거야 아, 제기랄 얘는 개념이 있는 거야 없는 거야 그냥 다 받아줘 화내지 말고

3

먹고 살려니까 일을 할 수밖에 없네요 내가 낮술을 먹는 건 일주일에 두 번만 먹으려고 했어 신랑이 한 달 내내 먹는 게 지겨워서 베트남계 친구랑 같이 있어 우린 만나면 신랑 얘기만 해 난 굶으면서 살 안 빼 술 먹으면서 빼 그런데

애는 왜 여기 있니 학원에서 잘렸어! 이모도 치매예요?

4

카톡으로 말했어 우리 넷이서 카페 하나 차리자 아파트
베란다에 앉아 있었어 뛰어내리려고 그런데 알츠하이머는
더 의심돼 치매약 먹잖아요 우울증약으로 중복이 되니까
심해져 약을 가져가서 확인했더니 엉터리였어요 갱년기가
와도 약을 함부로 먹지 말아야 해 약이 문제였고 의사도 다
믿을 건 못되더라는 얘기들

봉평장터 번호표

억수로 쏟아 붓는 땀
에어컨과 선풍기를 틀고도 맥 못 추는
동생의 얼굴 바라보다 생각난
시원한 메밀국수 한 그릇
봉평장터 식당을 갔다
이미 내부는 꽉 차 있고
기다리라며 쪽지에 적어 준 숫자 22
명절맞이 고향행 기차표를 받은 것처럼
잃어버리면 안 되는 번호표
노란 종이를 꼭 쥐고 기다린다
한 끼 굶으면 왠지 손해 보는 느낌이 드는 것
어제의 맹세처럼 쉽게 고쳐지지 않는 것
우리의 번호가 불리자
고향행 기차에 탑승하는 기분과
식구를 만나는 기쁨인 듯 술깃하다
밥 먹기 위해 잔치하듯 기다리는 일,
기다리는 비밀을 알 것 같다

거미와 나

너는 짓고
나는 부순다

내가 잠든 사이
그 자리에 또 짓는다

본능으로 너를 찾는다
부수는 게 능사가 아니어서 너 찾는다

고집으로 짓고
집착으로 부순다

너와 내가 어떤 이유로
너는 짓고 나는 부수기만 하는가

새빨간 거짓말

보이는 것 중
가장 센 거짓말

드러나도 아니라고
끝까지 우기다가

믿을 수 없는데
참말이라 말하고

마지막 딱 한번만
믿어달라는 그 말,

텃밭은 가을

촐촐한 시장기 느끼기에 딱 맞는 가을비 내리는 아침 봄부터 울었다는 소쩍새를 보내고 짠 여름 견뎌내더니 꽃망울 꽉 움켜쥐고 때 기다리는 국화 보았고 한 달 전인가 조합원에게 배추 모를 배포한다는 이장님의 전화에 당장 달려가 배추 모 한판 들고 오자마자

이 남자 이미 돌멩이 투성이인 척박한 땅 고르고 골라 고랑 파고 두둑 만들어 밭 꾸미고 내가 오기만 기다렸다나 노력이 가상하여 배추 모판에 오열 맞춰 자란 여린 것들을 어린아이 달래듯 뽑아 옮겨 심고 매일매일 틈만 나면 풀 뽑고 비료 주고 물 준 덕분에 쑥쑥 잘 자라자 아예 배추밭에서 살더군

오늘 아침 새콤달콤 심심한 비가 오니 배춧잎이 서로 부둥켜안고 몸 부비고 있는 걸 보았어 머리 위로 빗방울이 톡톡 거기에도 이 남자가 있었는데 봄부터 덩굴장미 화들짝 꽃 피워대더니 지나는 사람들 발길 머물게 하고 지독한 폭염도 아랑곳없이 잎새 팔랑거리며 줄기 쭉쭉 뻗어 그늘 만들어 주었지

　이 남자 그걸 보고 매일 뜨개질하듯 한 코 한 코 줄을 엮
어 지붕 올리더니 저절로 정원이 되고 한여름 지나 이 남자
의 가을이 오고야 말았는데 나는 왜 이 아침에 초록 풍경을
보면서 이 남자의 흔적만 쫓아다니고 있는가 시장기 심심
한 가을비 오는데

그 여자는 방, 그 남자는 거실

둘이 한집에 살았는데
그 여자는 방에서
그 남자는 거실에서
각자 텔레비전을 보았습니다

어느 날 여행 갔을 때도
그 여자는 방에서
그 남자는 소파에서
각자 잠이 들었습니다

한 침실을 사용하지 않는 것
어쩐지 살갗 닿는 일이
떨어져 있는 공간보다
훨씬 낯설게 느껴지면 그저 그런 겁니다

한 번쯤 합방해볼까
상상할 때도 있지만
움찔해지며 고개가 절레절레 흔들리면
그런 겁니다, 그저 그런 것입니다

흔들리고 싶었다

그녀의 전생은 고양이 아니면 여우

쉽게 드러내지 않는 발톱을 보여주거나

새침했던 손을 꼭 잡아주었을 때

차가웠던 손끝으로 수혈하는 기분이랄까

내 손가락이 그녀의 손바닥을 꼭 쥐게 하는 실금의 꼬리

눈빛만으로는 알 수 없는 속

그녀의 발걸음에선 소리가 나지 않았다

고양이 아니면 여우였을 그녀

비좁은 골목에 진눈깨비 매달려 있다

부활 후 계약자 변경

파산을 하셨군요
보험이 실효되었다고요
지난해 시월까지 냈군요
일 년 치 미납된 보험금을 내서야 부활이 되거든요

진단서를 발급받으셨나요
입 퇴원 확인서가 필요해요
수납영수증을 모아 오세요
아뿔싸, 실효된 상태에선 보험 혜택을 받을 수가 없군요

건강보험에는 당신의 모든 위험을 예약하고 있네요
증권에는 상해, 골절, 질병, 화상 강력범죄피해보장, 실
손, 암, 뇌졸중, 급성심근경색, 자동차사고, 성형수술비, 간
경화, 폐질환, 장기이식수술비, 벌금, 변호사선임, 후유장
해, 인공관절수술, 깁스치료, 흉터복원, 가족일상생활중배
상책임 등이 적혀있는데 이 모든 걸 포기해야 합니다

보험금 낼 돈이 없군요
부활할 능력도 없죠
기력 없이 병환이 깊어갈 텐데 방법이 없네요

너무 오래전의 일이라서

내 눈이 지금보다 더 흐렸으면 좋겠다
서로의 얼굴 바라보며
세밀한 주름과 흉터
눈에 띄지 않았더라면 더 좋았을 검버섯
의자에 앉아 있어도
배에 주름이 잡히지 않은 모습이었으면
나란히 옆에 누워도
흰머리 들키지 않게 눈이 흐렸더라면
누구 떠난 뒤 비 오는 날처럼
흐린 눈 깜박이지 않았을 텐데
어색한 안녕
너무 오래전의 일이라서
잊힐 만도 한데
목젖이 닳도록
간질간질한 첫사랑

닥터 헬기

섬이 쓰러진다
구급차의 사이렌으로 시작되는 아침
까만 혈변이 쏟아져
검은 이슬로 번지는 아찔함을 아는가
풀잎 주저앉듯
침묵을 불허하는 팽팽한 긴장
요동 없는 바다를
헬기에 통째로 싣고 공중으로 오른다
잠자리 날개가 수직으로
도리 뱅뱅 도리도리 뱅뱅
응급실에 도착한 침상 곁으로
흰 가운들이 모여든다
수혈해도 제 몫을 채우지 못하는 피
뱃속 어딘가 뚫려있단다
내시경의 신호로 발견된 그곳,
십이지장 은밀한
파열의 음파가 뱅뱅

상처에 사과를 했다

세수하면 얼굴에 생채기가 났다
비누칠을 하지 않아도
모래알에 긁히듯 쓰라렸다
술을 독하게 붓고
침대에 누운 기억이 없는 밤을 보내고
더듬거리며 찾은 휴대폰
그 안에도 상처가 있었다
보채는 응석 다 받아준 그가
내 얼굴의 아침을 할퀴고 있다
찬물이 목구멍을 훑는데 쓰라렸다
어젯밤 뱃속에서 나온 말들이 상처였겠지
사랑이 알게 뭐냐고
이별은 네 잘못이라고 입으로 핥아대던 말
결국 쓰라린 상처에 사과하고
밴드를 붙이기 시작했다

미러링, 내가 없어도

내가 먼저 시작할 게

나 너를 좋아하고 있나 봐

자꾸 거울을 보며 따라 하고 있잖아

저절로 손이 움직여

무슨 말이든 같이 섞여져

네가 울면 나도 울어

온종일 침대에 누워 너를 보고 있어

창문을 열면 새소리가 들리지

내가 없어도 바람에 흔들리는 저 나뭇잎

나는 이제 떠나야 하고 돌아오지 않을 거야

등 뒤에서 그립단 말은 하지 마

문을 닫아야 보이지 않는 손

봉창

너와 나 사이에 봉창이 있었다는 걸 지금에야 알았다

창틀로 번지는 알코올과 니코틴의 저주로 갈라진 벽

내 속 붉은 토마토에 열리지 않는 창 있다

깜깜한 햇빛과 바람으로만 열 수 있는 창문

언제부턴가 벽 사이에 구멍을 내고 종이로 봉한 창밖만 바라보고 살았다

봉창으로 저녁 햇살이 들어올 때 소통의 문은 빗장 걸고

빨갛게 익은 토마토가 북 터져 속 다 보여도 닿을 수 없는 거리

너와 나 사이 이토록 열지 못하고 바라만 봐야 하는 문 있다

간격의 창 깨지 않는다면

갈라진 벽이 봉합되지 않는다면

사는 날까지 봉창 두드리는 일은 없을 것이다

나는 그렇게 생각하지 않아요

나는 씨 없는 호박꽃
꽃을 피워도
벌 나비 찾아주지 않는
헛꽃입니다

넝쿨 우거진 호박잎 사이로
화사한 옷 입고
뽐내보지만
여전히 헛꽃입니다

갖출 것 다 있는데
모양도 처지지 않는데
지천꾸러기 보듯
나를 우러르는 이 아무도 없습니다

호박꽃이
호박을 만들지 못하고
외면받는 신세
나는 색만 화려한 수컷은 아닙니다

시와정신詩選 016

상처에 사과를 했다

제2부

개심사 백일홍

가라, 가서 실컷 울어라
개심사 백일홍나무 아래서 통곡을 해라
빨간 꽃 뚝뚝 떨어지는 백일홍 나무 밑
네모난 연못 외나무다리 건너
상왕산 마루에 대고
북북 소리쳐 보라
흘리고 쏟아내 후련해지거든
바람 물결 눕는 직사각 연못을 보라
진흙 속 뿌옇게 물 흐리는 개구리를 보라
연잎에 앉아 허파로 숨 쉬는 청개구리 보라
올챙이가 개구리 되는 변태의 물결
천년 백일홍 꽃피고 지고
떨어져 물 위에 떠 있는 빨간 저 꽃
비바람 천둥 번개 날벼락의 고비 다 넘기더라
붉은 속 활짝 드러내 목 떨구면
연못 위 수련과 더불어 둥둥 친구 되더라
여름의 뜨거운 이별 바람 안고
개심사 앞마당 백일홍 그늘
나무 의자에 앉아 가쁜 숨 햇빛에 뉘라

꽃등

약속이나 한 듯 내가 먼저 가자고 했네

막연히 주술에 걸리지 않으려는 비방이랄까
그래야 위안이 되는 특별한 버릇 같은 것

부처님오신 날 맞아 연등 달러
서산 부석사 가는 길옆 수도사로 갔네

작약과 목단이 봄비를 마시고 있었네

화초 양귀비의 빨간 꽃 바라보다
눈먼 듯 붉은 찻잔 속에서 한참 머물렀네

수진스님의 웃음소리가
난향과 섞여 꽃 피우는 동안

벼랑 끝에서 흔들리는 사람의 이름과
삼재에서 벗어나지 못한 사람의 이름과

아들과 아들의 아내와

그들이 낳은 아이의 이름으로 연등 달았네

또 생각나는 앞선 이의 이름 망설이다
차마, 스님께서 심었다는 작약의 꽃등을 기약했네

불티나루

세종시 금남면 도남리 예술의 집 까사다르떼

강나루 언덕별 박혀있는 그곳에서 금강을 바라보네

주황색 철교 너머 정자와 잘 어울리는 초목이 아름다웠
네

유유히 흐르는 강물이 소금처럼 반짝이던 오후

전깃줄에 앉아있는 참새들이 부산한 모습이네

강 건너 여기저기 예쁜 집들이 보이는 걸 보니 노후를 준
비하나보네

옛날 금강하구에서 연기군 대평리까지 드나들었다는 나
룻배

수심 깊던 때 소금 실은 배가 불티고개에 오면

인산인해를 이루었다는 그곳

소금이 불티나게 팔렸다 해서 붙여진 이름이라네

불티나루 유래를 들으며 강물 바라보니

소금 배와 사람들이 금강을 유영하는 듯했네

어쩐지 강물이 소금처럼 반짝이더라니

구절초

잊은 게 잊혀진 게 아니었나 봐요
찾으려고 찾아간 곳 아니지만
지금 그 사람 이곳에 없네요

구절초가 바람에 춤을 추고
언덕배기 총총 드러누운 군락이
은빛추억으로 꼬물대는 긴 하루였어요

하얀 구절초 따라
영평사 가는 길 어귀 다다랐을 때
깍지 낀 손이 흔들리고 있었죠

이루려야 이룰 수 없는 그 사람
보고 싶어 찾아간 곳은 아니지만
구절초 하얀 얼굴 그곳에 없네요

노랑배 둘레길

외연도 숲속을 반나절이나 더듬는 동안
작은 풀씨 여럿이
바짓가랑이에 달라붙어
영 떨어질 마음이 없다
섬에서 너도 외로웠구나
외로워서 나를 불렀구나
숲속 버들강아지는 바람을 부르고
산기슭 찔레나무 가시는 쉬어가라 붙잡고
도무지 몇 번이나 미투를 당했는지
조심해야겠다고 다짐했지만
그곳에선 숲을 벗어날 때까지
나를 놓아주지 않았다
싫은 척 떼어냈지만
그 잔정은 잊을 수가 없다
어딘가에 달라붙어 막걸리 한 잔 나누고 싶도록
나도 참 외로웠었으니까

섬의 내력

섬마을에는 샘이 두 개 있다
위샘에서 태어나 아랫샘으로 시집온 며느리

동네 아낙네들은 우물에 모여 빨래를 한다
시어머니는 바지락 캐러 가고
며느리는 붉은 벽돌색 다라를 이고 샘으로 간다

다라 속에는 식구들의 팔과 다리가 구겨져 있다
꾹꾹 누를수록 무음으로 포개지는 시루 속 콩나물

아랫샘 빨래터에서 불규칙한 난타가 벌어진다
큰 방망이질로 샘이 들썩거릴 때마다
며느리의 엉덩이도 푸짐한 방망이질을 하고 있다

어머니의 몸뻬 다리를
아버지의 런닝 등짝을
시동생의 양말 발모가지를
시누이의 속옷 거시기까지 사정없이 두들겨 패댄다

차락차락 두드린 만큼 깨끗해진 빨래가 웃는다

식구들의 무늬를 빨랫줄 집게에 물린다

물기 흔들릴 때마다 미안하다, 펄럭이는 깃발들
그 소리 들으며 파랗게 웃는 아기 며느리 있다
작신 패주니 시원하다

외연도 가는 길

외연도 가는 길은 바닷물고기들이 길을 만든다

물고기 떼가 등을 오므리고 펼 때마다 배가 출렁거렸다

꼬리를 치켜들자 선체 밑바닥에서 쾅

비틀거리며 꼬이는 바닷길

흰 포말의 짭조름한 뒤엉킴

물살이 사납고 깊을수록 뱃머리는 높이 올랐다 푹 내려
앉았다

동백꽃 떨어져 복통 일으키듯

바다는 굉음을 냈다

나는 지금 사나운 파도와 도박하는 중

버티는 등대이거나 비행하는 갈매기이거나

청단풍

푸른 숲으로부터 초대받았습니다

절정의 연둣빛이 투영되는 숲

호젓한 좁은 길 걷다 발견한 청단풍

그 나무 밑 벤치에 누웠습니다

빽빽한 나무사이로 별 뾰족한 잎들이 둥둥 떠다닙니다

해가 총총한 낮에도 별 모양의 소리가 아삭거리는 공중

사이다 같은 초록으로 톡 쏘아대다가

제 속 두꺼운 각질 벗기며 태운 선명한 소멸의 붉은 피

늙은 어머니의 앞자락으로 흐르는

오래 사는 일이 뜻대로야 되겠습니까마는

닥풀

서산 인지마을
길가에서 본 나무 닥풀

그해 가을 중턱쯤이었지
닥나무라 불리는 그놈
씨앗 한 줌 받아 꼭꼭 숨겨 놓았네

이듬해 봄
막내 동생에게 보낸 씨앗

공주 우성 상서리 마당에 심으라 했네
찬바람 불더니 저쪽 귀퉁이 둥지 틀어
하늘만큼 널따란 노란 치마저고리로 피워냈네

엄마는 이름도 몰랐지
도대체 무슨 꽃이냐며 몇 번을 물었지

나와 엄마의 가슴에 물들인 가을
천 번 만 번 보고 또 보고

〉

겨울 문풍지에서 들려오는 바람 소리 닥닥

솜털 가시가 박힌 닥풀 씨앗을 골랐다
거기 우리들의 까만 기억이 떨어진다

생전의 악수 포옹 그리움 키스
닥풀을 좋아했던 이별까지 묻힐 것이다

상서리 꼭대기 집

빈집, 텅 빈 집
그녀가 병원에 입원하면
대궐 같은 큰 집이 텅 비어있네

인적 없는 밭에서
가지와 오이, 고추, 호박이
주렁주렁 매달려 주인을 기다리고 있네

속절없이 짖어대는 곰탱이의 컹컹거림
하늘 울리며 검은 구름 찢기는데
아무래도 좋다는 듯 팔짝거리기만 하네

장독대 아래 머루 포도는 걱정이 없나보다
나무지지대를 타고 올라
밤나무까지 닿은 걸 보니

오오, 그녀가 사랑한 데이비드 오스틴 영국 장미
앞마당 돌 틈에서
오렌지 노란 향기가 빈집을 지키고 있네

사남매의 꿈

한솥밥 먹고 자랐지
식구라 했나
서열이 있는 아침
뽀얀 쌀 위에 콩과 나물 섞어
냄비에 밥 지었지
우리는 피어오르는 김 앞에 쪼그려 앉았지
우리의 눈이 거기
우리의 코와 입이 그 속에서 타들어 갔지
부풀어 오르는 한 톨
목구멍까지 차오르는 헛배
냄비뚜껑을 움켜잡고 자란 손
점심과 저녁이 거기 촐촐하게 누웠지
하늘의 바람과 별과 시 그리고
나의 눈과 코와 입과 목구멍이
연탄불 위 그 바닥에 눌어붙어
떨어지지 않았지
타는 냄비를 뚫어져라 쳐다보았지

손 그늘

자동차 트렁크에서 부패하는 채소들

아버지, 이제 그만 싸주세요

싱싱했던 오이에서 뜨거운 눈물이 흘러요

고랑 파고 거름 주었던 향기가

팽개친 악취로, 죄송해요

해묵은 은행과 밤에서 싹이 났어요

딱딱한 껍질 뚫고 삐져나온 또 다른 아기살

꺼풀을 벗기고 뜯을수록 손마디가 아린 살갗

돈으로야 몇 푼 되지 않지만

부댓자루 가득 담긴 아버지의 손 그늘은

〉

게으른 딸의 천년을 두고 갚지 못해요

풀밭에 거름이나 될까

버리고도 자꾸만 뒤돌아보게 되는

나의 허물은 언제쯤 벗어버리게 될까요

감자에 싹이 나서

감자에싹이나서잎새가위바위보
못생긴 감자였지
온 가족이 둘러앉아
찐 감자의 껍질 벗기며
손뜨겁게 호호 불던 생각이 나
배고프던 시절
포슬 익은 감자 위에
열무김치를 얹어 먹었지
밥 대신 감자였어
바닥 넓은 양은그릇에
감자를 으깨 설탕을 섞으면
어느 집 식사가
그것처럼 맛있었을까
울퉁불퉁 못생긴 감자였지만
우리 그때 참 따뜻했었지
유년의 추억 모으기엔
우리 사 남매 너무 커버렸어
감자에싹이나서잎새감자감자감자

꿀꺽

우시장 소 끌려가듯 공주로 간다 신장투석에 역류성 소
화불량이라는 병을 가진 그녀 퇴원소식을 들었지만 생계를
핑계로 이제야 찾아뵌다

밥 한 끼 차려드리고자 마트에 들러 장을 본다 제한된 음
식이 많은 터라 맘 놓고 고르지도 못한다 버섯과 물미역,
소고기 치맛살, 돼지갈비를 샀다

그녀의 얼굴을 보면 죄책감만 쌓인다 부엌으로 발걸음
옮기며 장바구니를 푼다

수도꼭지에서 핏물이 흐르고 가스레인지에서 칠순의 세
월이 불꽃 되어 피어난다 프라이팬은 수혈하는 혈액을 달
구며 냄비뚜껑으로 새어 나오는 김은 역류하는 바람의 배
후다

푸짐하니 거뜬한 상 식탁에 마주 앉은 엄마와 아버지 밥
을 넘길 때마다 꿀꺽하는 소리가 났다

그녀의 목구멍에서 삼키는 음식물의 신호 그 소리 들을

때마다 철렁하며 오므라드는 뱃속 울컥하는 쇳소리로 혈액
이 솟구쳤지만 나는 그녀의 밥 위에 맛있는 갈비를 또 올려
준다

　해 질 녘 서산으로 돌아오는 동안에도 그녀의 꿀꺽은 지
워지지 않는다

자라나는 소금

바닷물을 퍼 올려 집을 지었습니다

지붕에서 소금이 자라났습니다

산더미 같이 쌓인 소금

낮엔 빛나는 보석으로

밤엔 어린왕자의 하얀 별 되어

어른이 된 소금은 하늘까지 닿았고

앗, 찔린 지붕에서 쏟아지는 핏물의 바다

시와정신詩選 016

상처에 사과를 했다

제 3 부

참, 오래 걸렸어

모름지기 너무 조이지 말고
미끄럼 없고
흘러내리지 말고
그래야 내 발이 편하지

오늘 아침 양말을 신는데
산타할아버지 선물 주머니인 줄 깜짝 놀랐어
양말 입구는 괄약근이 늘어졌는지
속은 허파에 바람 빠졌는지 모두 헐렁했어

매일 신었던 양말이지만 몰랐어
그 속에서 내 발가락은 엄청 편했을 거야
내 마음 양말처럼 헐렁해졌나 봐, 오래 걸렸어
많이 너그러워졌지

새것은 자꾸 발목에 자국이 패여
비표처럼 새겨지면 쉽게 사라지지도 않아
딱 맞는 건 불편해
사람도 인생도 헐렁한 게 좋아졌어

배추흰나비

저들은 내가 지켜보는 줄도 모르고 날기만 한다

배춧속이 차면 노랑나비 천 마리쯤 나오겠지

바람을 업고 바람 끝 어디에서 짝짓기 하겠지

배추밭 고랑마다 흰나비가 출렁이고 있다

작은 몸짓으로 벌건 대낮인데도 부끄러운 줄 모르는구나

날고 있는 날개가 지쳐 쉬어간대도 잡지 않을 텐데

잠시 머무는 모습 볼 수 없으니

애간장 태우는 건 너 아닌 내가 몸 닳아 있다

흔들리지 않았다

배가 흔들렸다
아니 흔들리지 않았다

파도가 흔들었다
아니 흔들지 않았다

배는 나를 흔들었고
나는 파도를 흔들었다

햇살, 은근히 뜨거운 것들
조국 선열의 어머니 아버지

바람, 태극기 휘날리며
할머니 할아버지의 대한독립 만세

흔들리고 흔들려서
흔들고 흔들어서 여기까지 왔네

젊음이여,

여기 저절로 얻어진 거라 생각지 마오
여기 거저로 세워진 것 아니라오

그 집

공중에 집을 지었다
촘촘히도 짜 놓은 그물
바람이 머물던 그 집

일생 내가 지은 그 집
바람 잘 날 없었던 날들
그 줄에 걸려든 것도 나였다

마다가스카르 바나나

나는 야생 바나나
문명 앞에 사라지지 않고 당당하게 살아남은

미지의 섬 마다가스카르
어린왕자가 무서운 식물이 있다고 말했던 곳

상상으로만 상상했던
이상과 현실이 공존하는 섬

세계에서 네 번째로 큰 섬나라라지
희귀한 동식물의 개체 수가 가장 많은 곳

바오밥나무를 생각한다
오늘 아침 배달 된 바나나 신문

지구별에서
파나마병으로 멸종위기에 있는
바나나 종種이 거기에서 발견 되었다지

〉

가뭄이나 전염병에 걸리지 않고
강한 유전자로 당당하게 살아남은
야생 바나나로 내가 거기 있을 거다

시월의 허기

시월의 어느 나무처럼
꾹꾹 채워져 배부른 곳간 비워내기를

영근 벼와 둥근 배와 빨간 사과
토실한 알밤과 달콤한 대추
엄마의 석류와 감과 아버지의 은행과 그리고,

그리고 둥둥이
툭 툭 떨어져 바닥에 뒹굴다
누구의 허기진 배로 들어가기를

또 그리고 시월의 좀 싸늘한 골목 어디쯤
그늘진 모퉁이 돌아
머뭇거리다 놓친 햇살로 태어나

찬 서리 내리 서리
금방 따뜻하게 데울 수 있는
내 마음 얇은 양은그릇이기를

은근하다는 것

하지감자를 찌다가 센 불보다 은근한 불에 더 잘 익는다
는 걸 알았다

화를 낼 때도 한 번에 확 내는 것보다 은근히 꼬장거릴
때가 더 환장하게 만든다

사랑이 오는 날 활활 타오르는 화끈한 것보다 은근하고
끈기 있는 모닥불이 좋다

은근 앞에 강렬함이 이길 수 없다는 걸 그동안 왜 몰랐을까

젊은 날 열정이 동반한 뜨거움의 절정 불사조의 피닉스
를 꿈꿨었지

미지근하고 진부한 것들을 외면하고 무시했던 지난날이
얼마나 허황했던가

뜨겁고 빠른, 확실하고 선명한 원색, 성격도 화끈한, 불
같은 다혈질의 헛똑똑이

〉

　쉰 넘은 지금에야 천천히 은근한 속도가 속 깊이 도달할
수 있음을 깨닫게 되다니

　나와 달라서 맘에 좀 들지 않더라도 은근히 사랑하게 되
어 좋다

끼어들지 말고 비켜가세요

병원에 다다랐을 때 도로공사 차량의 확성기에서 흘러나
오는 소리

마치 지하철 목적지에 다다르기 전 녹음해 놓은 로봇 목
소리로 엄숙하게 흘러나온다

'끼어들지 말고 비켜가세요'

위압적이고 다툼의 소지가 있을 법한 짧은 문장

끼어들지 말고 비켜가란다

남은 인생 웬만하면 끼어들지 않을 작정이다

저, 꽃들은

저 붉은 뜨거움이
돋아난 가시로
차가운 살갗 찔러
온몸 적셔주면 몽환적일까
새살 돋아나 뼈의 마디 이어줄까

넝쿨장미 꽃부리 한창 곱다
낱 잎들은 꽃대에서 피어났지만
땅에 떨어져 지는 찰라
다시 꽃을 피우는 저 찬란함
세상의 저, 꽃들은 떨어져 흩어지며 또 피운다

사람도 비슷 닮았다
울타리 안 사슬로
모여 살던 기억이 떨어지면
땅바닥을 구르며 또 피어나는 장미처럼
땅속에서 다시 비밀로 태어난다

해후

내 나이가 삼만 살이나 되었던 때
그때, 지독하게 어두웠던 방에서
웅크리며 떨고만 있었다, 매일
세상에 혼자 버려진 듯 우울한 표정
웃는 것이 사치였던 삼만 년
카페 야외 테라스에서 친근한 목소리가 들린다
익숙한 웃음소리
떠난 기억들로 악수하며 묻는다
너, 편안함에 이르렀는가

나는 닭이로소이다

나 태어난 지 한 달 되었다
누군가 농장으로 와서 나를 잡아갔다
파닥이며 몸부림쳤지만
날갯죽지 움켜쥐고 모가지를 비틀었다
가스실에서 이산화탄소가 주입되자마자
나는 영원히 잠들어 버렸다

갈고리모양의 샤클에 걸려
내가 입고 있던 비단옷들이 벗겨지고
방혈과 제모로 인해 매끄럽지 못한
닭살 피부가 드러났을 땐 얼마나 부끄러웠는지
갑자기 전기 충격을 받았을 땐 두 번 죽는 줄 알았다
살았을 적 족보인 내장이 제거되며 나는 모든 걸 포기하
게 되었다

지난날이 생각나기 시작했다
모이를 주워 먹으려 자유롭게 날았던 적이며
물마시다 횃대에 올라 발 구르며 노래 불렀던 적
쌀겨로 만든 깔개에서 누워 잠들었던 행복
사람들처럼 두 발로 걸으면 친구가 될 줄 알았다

밥 준 사람이 고마워서 알을 낳아 주려 했는데

난 예민한 아가씨였고 미래도 있었다
나의 모든 꿈을 앗아간 사람들
복날이라고 인삼과 대추, 황기 그리고 찹쌀까지
나의 빈 배 속 가득 채우고
펄펄 끓여 보양하면 나는 세 번 죽는 거다
결국 이런 거지, 나의 짧은 생애가 너에겐 꽃으로 피어나는

나보다 더 쓸쓸한 안녕

당신, 벌써 마침표를 찍으려 하시나요
물음표 없이 선택의 폭 줄어든 이 나이에
잃어버린 것 퍽 많은데
망설임 없이 끝맺으려 하시다니요

철없던 시절이라 탓하지
예전의 즐거움은 사라졌지
슬프고 화나고 아픈 티를 내는 것도 부담스럽지
두려워서 그저 참아낼 뿐이지

당신, 세상 잘 버티다 시간에 속았나요
손가락질 받을까 스스로 길들여진 익숙함
어른스러움이 무뎌질까봐
유일한 이름 버리고 방황 중이신가요

고작 하루만 허락된 경계
그러니까 정해진 시간과 정해진 장소를 지나다
마주치는 사람들에게 습관처럼 안녕
피로감에 지친 나를 지우는 괜한 격정이지

〉

당신, 이제 아무 느낌 없이 뻔뻔해져요
나의 안녕 위해 구름을 가져요
카페에 앉아 혼자 커피 마시는 기분
팔자에 없어 보이는 사치를 느껴 봐요

무심코 건넨 안녕이라는 인사를 받는다면
아니 내가 안녕하지 못하다는 고백했을 때
어린아이처럼 당신이 알아주면 좋겠다는
나보다 더 쓸쓸한 당신에게 떼를 써요

주검 앞에 빗소리가

장맛비 내린 아침에 가을을 보고 말았다
습하고 눅눅했던 축축
유리마다 뿌옇게 젖어 밖이 보이지 않는 여름의 끈적거림
거리는 온통 칠흑이고
도시의 행인들이 사라진
건물의 벽에서 들리는 통곡
이것은 주검 앞에 빗소리가 섞여 풍장으로 쓸려가는 소리
요란한 빗줄기가 바람에 떠밀리는
장마철 이별은 덜 슬프다
목 놓아 소리쳐
아픈 비 다 맞고 스러진대도
한낮의 어둠이 빛을 막아주고 있다는 것
빗물이 흘러 바다에 닿으면 그칠 것이다
울음소리가 그칠 것이다
풍장 소리가 떠내려갈 것이다

혼자만의 것은 아니어서

너의 체온이 더 내려가지 않았을 때
억지로 입을 벌려 넣어 준
몇 숟가락의 물까지
이슬로 쏟아내더니
컥컥 쇳소리 바닥에 흘리며 쓰러진다
나도 주검 앞에서 저렇겠구나
이별을 예감하며 기다리는 일이란
참 가혹한 형벌이야
오줌을 아무 데나 누어 혼냈던 일
암호 같은 언어로 무수한 의사표시를 했건만
모두 충족시켜주지 못한 것 같아 마음에 걸린다
오늘 아침엔 아예 입 꼭 다문다
휘청거리는 다리로 털썩 주저앉았지만
온 힘 모아 거부하는 입 열지 못했다
너에게 죄지은 것 같아 아프다
나 이대로 쓸쓸하게 살아가야 하는 거니
지금은 마른 속으로 너를 보내야 할 때

야누스 CCTV

나도 너처럼 두 가지 감정을 가지고 있어

빛과 그림자

불안과 안전

어두운 골목에서 혼자일 때 너 없이 당당히 걸을 수 있을까

사생활 감시와 범죄예방에 대하여

억울하다고 생각되다가 뻔뻔해지고 싶은 이 기분

섹스를 하다가 문득

강간일까 사랑일까 고민하게 되는 순간

이 사랑도 CCTV에게 물어봐야 할 때가 온 거지

우리 헤어져도 기록은 지우지 말자

제 4 부

핑크뮬리가 홍가시나무에 물었다

가을억새 보러 갔다가 핑크뮬리라는 서양 억새에 마음 빼앗기고 난 후 그 자리에 주저앉고 말았어요 이국적인 풍경으로 외국에 온 듯 착각했어요 메타세콰이어 가로수길과 홍가시나무의 단풍길 걸으며 지금 내 마음이 초록이라고 생각했어요

엊그제는 가현이가 이런 말을 했어요 할머니, 지금 어디예요? 할머니, 근데 지금 뭐하고 계세요? 엄마한테 혼날 때 가현이는 빨간색이에요 아빠가 소리 지르면 가현이는 주황색이에요 할머니는 초록색이에요 가현이는 구름 속을 훨훨 날아가고 있어요

비가 내리고 있어요 가을 꽃비는 빨강이에요 키 큰 홍가시나무 잎 끝에서 비가 내리고 있어요 바닥은 온통 붉은 낙엽으로 천국 가는 길을 안내하고 있어요 팜파스 억새와 핑크뮬리 군락지가 보였어요 핏빛이 저럴까?

어제도 가현이와 동영상 통화했어요 깜깜하니 영상은 없고 음성만 들렸어요 '이 핸드폰이 네 핸드폰이냐?' 물으니 '아니 아니 아니에요 이건 제 것이 아니에요' 대답했어요

이번에는 '이 가방이 네 가방이냐?' 물으니 '아니 아니 아니에요 이건 제 것이 아니에요' 아버지와 딸이 놀고 있는 모습을 보여주는 음성영상이었어요

핑크뮬리가 홍가시나무에 물었어요 '네가 진짜 형을 정신병원에 집어넣었느냐?' 물으니 '아니 아니 난 그런 적이 절대 없어요' 하고 대답했어요 '그럼 너와 그 여자는 아무 관계가 없느냐?' 물으니 '아니 아니 아니에요 그 여자는 향정신성 대마를 좀 피웠죠 아마' 핑크뮬리와 홍가시나무는 좀 닮지 않은 듯 닮은 데가 있었어요

풀밭에서

미안하지만, 풀도 생명이니 사과하고 뽑는다
어린 풀을 뽑는 건 쉽다
비 온 뒤 고랑에 쪼그리고 앉아
호미 없이 풀을 뽑을 때 제일 신난다

풀은 커 버리면 대책이 없다
뿌리가 얼마나 세고 뻣뻣한지
잎은 또 얼마나 바짝 엎드려 땅바닥에 붙어 있는지

억세진 풀
태풍과 폭염에도 아랑곳하지 않는 저 도도함
언제부터 풀이 사람 위였는지

봄을 심고, 여름을 덮은 풀과 시름하는 건
때때로 한눈팔다 아차 싶을 때
얼른 되돌아가게 되는 집과 같다

나는 그에게 풀을 매지 말자고 했다
풀도 저절로 때가 되어 죽어버리면 자연퇴비가 되는 거
라고

풀끼리 부대끼다 지치면서 성장하게 놔두는 게 상책이라고

아녀, 아녀 풀은 커버리면 감당이 안 되는 겨
크기 전에 제때 뽑아줘야 밭 꼴이 나는 겨
풀밭에서 풀벌레 소리 내며 풀피리 부는 남자가 있다

익숙해지기 전에

익숙해지기 전에 떠나는 건 나의 오래된 습관
낯선 것을 좋아하지만
익숙해지는 것에 대한 두려움 같은 거

누군가와 그 무엇과 가까워진다는 것
이해와 믿음을 강요하며 파고드는 것

얼마간은 무척 행복하다고 느끼지

길들여지는 익숙함이 별 되어 소중하기도 하지

서로에게 모든 걸 맡기고 벗겨지는 순간
난 그때부터 불편해지기 시작해

나의 껍데기와 밑천이 드러나고
더 보여줄 게 없다고 느껴지면 공허해

난 급하게 다가가지 않고 경계하지
기다리는 척 무관심이 애달팠을 때
늘 새로워야 안전하다고 믿는 절박함으로 변해

〉

지나간 것은 잊혀야 하는 쉬운 착각과
상처받지 않을 준비하는 동안에도
난 떠날 준비를 하지

저도 그게 어디 있는지 모릅니다

저도 그게 어디 있는지 모르겠습니다

내 생은 안개였습니다
지독한 마술에 걸린 지옥의 안개였습니다
안개를 물어뜯고
안개를 밀어내고
안개를 발로차고
안개를 안아주며 쓰다듬고 달래도 보았습니다
안개는 사라지지 않았습니다
앞이 보이지 않는 길
안개의 속도로
안개의 거리로
안개의 높이로
안개의 날개로
안개의 숲으로 곤두박질치는 나의 어둠들

안개의 그물로 나를 건져줄 수 있나요

귤 속에 귤 밖에 없었습니다

마른 창가 시든 꽃이 살아나고 있습니다
축 처져있던 고양이들이 움직이기 시작합니다
잠시 미뤄놨던 관심을 불러 일으켜 봅니다

누웠던 잎들의 혈관에 물의 파동이 생깁니다
다퉜던 기억을 지우며 돌아앉습니다
어쩐 일인지 턱 고인 손목이 펴지질 않습니다

여기는 피씨방입니다
나는 피의자가 아닙니다
나도 피해자입니다
모두들 억울하다고 합니다

시든 꽃 보았을 때 물을 주지 않았다면 살인입니까 방조
입니까
알면서 모르는 척 했다면 방관입니까 공범입니까
돌보지 않는 무관심은 죽음 앞에서 용서가 됩니까

뉴스 보기가 싫어지지만 귤은 까먹고 싶습니다
브라운관 속의 회로들이 궁금해서 자꾸만 리모컨을 누르

게 됩니다
　검은 비닐봉지에 아기를 유기했다는군요
　우리의 생명이 유충만도 못한 존재인가요

　굴 속에는 굴 밖에 없는데
　열린 세상 속은 온통 피비린내 입니다
　나는 불안만 가득합니다

나를 흔들었다

오늘 내가 흔들리지 않았더라면
널 만나지 못했을 것이다

태풍이 구름 몰아 나를 흔들어대니
너에게 가지 않을 수가 없다

흔들리고 흔들려서 여기까지
너와 함께 또 흔들려서 어디라도 가고 싶다

그 손

허락 없는 그루밍
허락 없이 그루밍
나는 손을 허락하지 않았다

허락하지 않은 손
무작정 흔들리는 손

바람에 걸린 덫이다
덫에 걸린 바람이다
이미 길들여진 그 손

그때는 어렸고 다 그런 줄만 알았다
그루밍에는 허락이 존재하지 않는다

하나님처럼 목사님 같은
부처님처럼 스님 같은
너의 그 손

출구 없는 하루

냉동실에서 꺼낸 카레
혼자 밥 먹다 목이 멘다
멸치와 콩자반, 김 따위가 목젖에 걸린다
식탁 위 소주병은 뚜껑이 비틀어져 있다
컵밥은 텅 빈 소파처럼 식었다
싱크대 앞에서 수도꼭지를 튼다
눈물의 뼈 같은 물줄기가 개수대로 처박혔다
하얀 이별의 거품
함께 살았다는 것이 거짓일까
머그잔은 목숨 걸고 선반 고리에 매달려 있다
거인처럼 버티고 있는 냉장고
냉기의 불빛이 반사되듯
밀폐된 용기에서 반찬 냄새가 새어 나왔다
화장실 변기에 토했다
찬물 세수와 거친 양치
정해진 동선으로 소파에 앉아 리모컨을 누른다
동공을 어디에 둬야 할지
두리번거려보지만, 온기가 없다
한 번도 나를 안아본 적 없는 나에게
보상받을 출구 없는 하루

꽉 찬 휴지통 속 내가
허공을 끌어안고 소각장으로 간다

해막

내가 갇혔어야 했다
생리 중인 여자
임신 중인 여자
여자였으므로 거기 있어야 했다

지금은 여자에서 달로 변했고
달도 빈집을 좋아해서
해맞이하는 것도 귀찮아졌지
외연도 해막을 보면서 잠깐 웃었지

외연도 엘레지

후박꽃 향기 맡으며
오랜 연인 생각에 떨어진 칡꽃을 밟았네

질긴 팽나무 껍질 주워
잊혀 질 그 사람 어깨 닮은
동백나무 가지에 얹어 놓았네

상록수림 오솔길 걸으며
전횡 장군 위패가 모셔진 사당에 다다랐을 때
달팽이가 나뭇잎 베고 자는 모습 보았네

발소리가 들렸을 텐데 모른 척하는 걸까
고놈 참 얄밉도록 의연하다

저 먼 바다 너머 중국 청도에서
닭 우는 소리 들린다지

명금해수욕장 몽돌해변에서
돌삭금 당산 해막에서
노랑배에서 마당배까지

〉

둘레길 해안 마디마디
어디선가 숨비소리 들린다

바람에 떠밀려온 내가
풍랑 만나 잠들었던 곳

후박꽃과 칡꽃과 동백꽃이 함께 뒹굴었건만
격렬한 포옹도 침묵으로 외면하는 외연도

책받침

옷소매가 반질거리도록 책받침을 문질렀어
머리에 갖다 대면 머리카락이 곤두섰지
책받침에 전기가 흐르기 시작했어

더 많은 머리카락이 곤두서기 바라면서
한참 문지르다 멈추었지만
머리카락은 쉽게 가라앉지 않았어

물을 묻혔지
침을 바르기도 했어

엉망이 된 머리 위로 거미줄이 날아왔어
전류가 흐르는 공중에 거미가 둥둥 떠다녔지

서미가 나리 뻗고 배를 뒤집어
거미줄을 공중으로 분사한다면
공중에 전류가 흐르고 있다는 거지

내 몸에도 전기가 흘러 스핑크스가 된다면
풀지 못한 수수께끼로 태어나
책받침의 하늘을 날고 싶어

누군가를 보낸다는 것

할머니가 보인다 문지방 앞에서 좁은 탁자를 놓고 금전 출납을 기록하고 있다 큰 방에 손님들이 가득 앉아 차린 음식을 먹으며 시끌벅적하다

저승사자가 보인다 검은 옷과 검은 가면 쓰고 작은방을 커다랗게 원 그리며 왼쪽 방향으로 빙글빙글 돌고 있다 아마도 예닐곱 명은 족히 될 듯싶다

건넌방 다락에 올랐을 때 잘 아는 남자와 눈이 마주쳤다 그는 나를 주시하고 있었고 나는 우연히 그를 보았을 뿐인데 이상하게 이상한 기분이 들었다

긴 복도에는 긴 탁자가 놓여 있다 족히 백 명은 마주 보고 앉을 수 있겠다 수백 개의 수저와 젓가락이 나열되어 있고 커다란 솥이 여기저기 널브러져 있다 그 외 크고 작은 냄비는 마당에 수두룩하다

그 많던 사람은 모두 돌아가고 마당 넓게 그릇들만 바닥

을 뒹굴고 있다 새것이라며 챙겨야 한다고 왜건을 밀고 다
닌다 누군가 곧 떠날 것 같다

아직도 우리는 연인입니다

불통의 나날들 하늘만 쳐다봤습니다

맞지 않는 구두를 억지로 신은 듯 아픕니다

맨발로 키를 재던 그때의 기분은 모두 사라졌습니다

밑천 없는 시작이 불행했던 것은 아닙니다

우리의 기차는 역방향으로만 질주 했습니다

한 지붕을 써도 변한 게 없습니다

우리는 눈과 귀와 코와 입을 닫고 살았습니다

그래도 아직 우리는 연인입니다

서로 못났어도 감싸줘야 할 그런 사람들입니다

짐

그만큼 했으면 된 거야
하면 할수록 무거워지는 등짐
무겁게 쌓여만 가는 상실은 던져버려

언제부터 네가 사막의 낙타였어?
너의 어깨는 물 없는 오아시스
삶의 위안 따위는 없지

남겨진 것은 그들의 몫
그냥 다 던져버려
천천히 걸어가도 돼

등에 혹이 두 개나 있는 낙타
짐만 싣고 다녔던 너의 과거
그게 싫어, 그래서 싫어

무지개다리를 건너갔어요

이런 날,

아무도 다니지 않는 거리에 비는 내리고
아직 얼지 않은 땅에 너를 묻고

춥지 않을 거라
잘 가라는 말이 미안해서 떨기만 했는데

비가 오니 어떡해
차가워서 어떡해

이런 날,

담배를 물고 연기 피워 올리고파
소주 한 병 들고 온 몸 적시고파

이런 날, 나는 편의점으로 갑니다

오랜 시간이 흐른 뒤 깨닫게 된 것

조해옥

1. 자기 구원의 시

오영미 시인은 『모르는 사람처럼』(2015), 『올리브 휘파람이 확』(2017), 『벼랑 끝으로 부메랑』(2018) 등에서 아픈 존재들의 서사를 노래하였다. 시인의 새 시집 『상처에 사과를 했다』는 울음과 고비의 시간을 넘긴 후에 써 내려간 자기 구원의 기록이다. 자신이 불행하다고 여기는 현실에 맞닥뜨리게 되었을 때, 우리는 그 이유가 무엇인지 전혀 알아차릴 수도 없으며 이해할 수도 없다. 시인의 시 「저도 그게 어디 있는지 모릅니다」에는 자신의 삶을 압도하는 모순과 불합리함을 '안개' 감옥으로 인식하는 화자가 있다. 그러나 시인은 우울감에서 벗어난 화자(「해후」), 밥을 먹는 행위에서 생명성을 발견하는 화자(「꿀꺽」), 자기를 믿고 사랑하기 시

작한 화자들(「마다가스카르」, 「상처에 사과를 했다」, 「개심
사 백일홍」), 느슨함의 시간을 소중하게 인식하는 화자(「참,
오래 걸렸어」) 등을 통해 감옥 같은 생에서 자신을 구원해
줄 존재는 바로 자기 자신이라는 사실을 보여준다.

저도 그게 어디 있는지 모르겠습니다

내 생은 안개였습니다
지독한 마술에 걸린 지옥의 안개였습니다
안개를 물어뜯고
안개를 밀어내고
안개를 발로차고
안개를 안아주며 쓰다듬고 달래도 보았습니다
안개는 사라지지 않았습니다
앞이 보이지 않는 길
안개의 속도로
안개의 거리로
안개의 높이로
안개의 날개로
안개의 숲으로 곤두박질치는 나의 어둠들

안개의 그물로 나를 건져줄 수 있나요
　　　　　　　　　－「저도 그게 어디 있는지 모릅니다」 전문

　　위의 시에서 화자는 "내 생은 안개였습니다"라고 말한다.
그는 안개에서 벗어나려고 그것을 밀어내기도 하고 달래도
보지만, 거기에서 벗어날 수 없다. 그는 자신을 생에 갇힌 존

106

재, 즉 안개의 수인(囚人)으로 인식한다. "저도 그게 어디 있는지 모릅니다"라는 화자의 독백에서 알 수 있듯이, 그는 자신이 안개 같은 자기 삶에 갇혔다는 것만은 분명히 알고 있지만, 안개가 도대체 무엇인지 그것이 어디에 있는지 알지 못한다. 그가 만약에 자신을 가둔 정체를 안다면, 그는 그것에 맞서 싸울 수 있을 것이다. 자기와의 싸움에서 승자가 되든 패자가 되든 결판이 난다면, 그는 감옥에서 벗어날 방법을 찾게 될 것이기 때문이다. 그러나 자신이 갇힌 안개의 정체도, 자신이 왜 갇혔는지 그 이유도 모른 채, 그는 안개 감옥에서 무력감과 절망감에 빠질 뿐이다. 그는 거기에서 벗어나기 애쓰지만 정체도 알 수 없는 안개 감옥에서 결코 벗어날 수 없는 것처럼 보인다.

너의 체온이 더 내려가지 않았을 때
억지로 입을 벌려 넣어 준
몇 숟가락의 물까지
이슬로 쏟아내더니
컥컥 쇳소리 바닥에 흘리며 쓰러진다
나도 주검 앞에서 저렇겠구나
이별을 예감히며 기다리는 일이란
참 가혹한 형벌이야
오줌을 아무 데나 누어 혼냈던 일
암호 같은 언어로 무수한 의사표시를 했건만
모두 충족시켜주지 못한 것 같아 마음에 걸린다
오늘 아침엔 아예 입 꽉 다문다
휘청거리는 다리로 털썩 주저앉았지만
온 힘 모아 거부하는 입 열지 못했다

너에게 죄지은 것 같아 아프다

나 이대로 쓸쓸하게 살아가야 하는 거니

지금은 마른 속으로 너를 보내야 할 때

—「혼자만의 것은 아니어서」 전문

　자식의 죽음과 마주한 어미에게 내려지는 형벌은 가혹하다. 화자는 자신이 왜 자식의 죽음에 직면하게 되었는지 그 이유를 모른다. 그는 자식과의 영원한 이별만을 예감할 뿐이다. 자식의 죽음을 결코 받아들이지 못하는 어미는 거부 의식의 끝자리에 앉아 있다. "쏜살같은 속도를 잡지 못한 쉼표의 심장이 쿵//아찔한 현기증으로 팔딱이는 맥박"(「낮달」, 『올리브 휘파람이 확』)처럼 아이를 잃은 어미의 오랜 아픔은 소멸 없이 언제나 현재 시간으로 생생하게 소환된다. "너 데려간 그 무덤가 어디쯤 있을까//하루 종일 불어대는 호루라기는 높낮이가 없다/아무리 몸부림쳐도 올라갈 수 없는 허공의 사다리(「광장의 호루라기」, 『올리브 휘파람이 확』)처럼 아이가 떠난 곳과 화자가 있는 이곳 사이에는 심연이 자리 잡고 있다. 어미가 자식에게 닿을 수 없는 거리, 도저히 건너지지 않는 간격 때문에 몸부림치는 어미의 모습은 절망적이다.

　그렇다면 자기 생을 감옥으로 인식하는 존재가 그로부터 벗어날 방도는 없는가? 오영미 시인의 새 시집은 이 같은 물음에 대한 답변을 제시한다. 그가 찾아낸 방도는 역설적으로 "이렇게 벼랑 끝으로 내몰려 봐/아무 생각이 없어져/그렇다면, 다시 돌아가자"(「벼랑 끝으로 부메랑」, 『벼랑 끝으

로 부메랑』)에서처럼 "벼랑 끝"의 인식에서 이어져 있음을
볼 수 있다.

세수하면 얼굴에 생채기가 났다

비누칠을 하지 않아도

모래알에 긁히듯 쓰라렸다

술을 독하게 붓고

침대에 누운 기억이 없는 밤을 보내고

더듬거리며 찾은 휴대폰

그 안에도 상처가 있었다

보채는 응석 다 받아준 그가

내 얼굴의 아침을 할퀴고 있다

찬물이 목구멍을 훑는데 쓰라렸다

어젯밤 뱃속에서 나온 말들이 상처였겠지

사랑이 알게 뭐냐고

이별은 네 잘못이라고 입으로 핥아대던 말

결국 쓰라린 상처에 사과하고

밴드를 붙이기 시작했다

-「상처에 사과를 했다」 전문

　　위의 시에서 "상처에 사과를 했다"는 '나를 있는 그대로
볼 수 있게 되었다'로 바꿔볼 수 있다. 화자인 내가 상처에
사과를 하였다는 것은 그 상처의 이유를 밖에서 찾지 않겠
다는 의지의 표명이다. 그것은 그에게 받은 나의 상처, 내게
이별의 책임을 떠넘기는 그의 말에 더는 흔들리지 않겠다는
것이며, 내가 주인이 되는 삶은 상처 입은 나를 내가 치유하
는 데서 비로소 시작한다. 「개심사 백일홍」에서도 시의 화

자는 자기 치유의 방식을 보여준다. “가라, 가서 실컷 울어라/개심사 백일홍나무 아래서 통곡을 해라/빨간 꽃 뚝뚝 떨어지는 백일홍 나무 밑/네모난 연못 외나무다리 건너/상왕산 마루에 대고/북북 소리쳐 보라”에서 백일홍 떨어진 꽃잎은 화자가 가슴 속에 눌러 왔던 상처들이 붉게 토해진 것처럼 보인다. 바깥을 향해 억눌린 심정을 분출하면서 화자는 마음의 고비를 넘는다. 연못에 백일홍 꽃잎이 점점이 떠 있는 풍경은 고비를 잘 넘기고 가벼워진 화자의 심정을 드러낸다.

2. 연민과 안타까움의 감각적 표현, ‘꿀꺽’과 ‘울컥’

“밥 먹기 위해 잔치하듯 기다리는 일,/기다리는 비밀을 알 것 같다”(「봉평장터 번호표」)에서 잘 나타나 있듯이 밥을 먹는 행위는 생명성의 절정이 드러나는 순간이다. 식구는 함께 생명을 나누고 그것을 지속시켜 가는 존재들이다. 어머니와 아버지, 동생들은 시인의 시적 자아에게 온전한 행복감을 느끼게 해 주는 존재들이다. 그런데 식구와 나누는 연민과 사랑의 감정은 추상에 속하는 것이므로 그것을 언어로 표현해 내기는 어렵다. 추상을 구체적이고 감각적인 것으로 표현해야 하기 때문이다. 이런 점에서 시 「꿀꺽」은 추상의 감정을 감각적으로 표현하는데 있어 시인의 탁월함을 보여준다. 부모에 대한 자식의 연민과 안타까움이 ‘꿀꺽’ 소리로 청각화 되고, ‘울컥’ 하는 내부의 움직임으로 구체화 된

다.

　　우시장 소 끌려가듯 공주로 간다 신장투석에 역류성 소화불량이라
는 병을 가진 그녀 퇴원소식을 들었지만 생계를 핑계로 이제야 찾아
뵌다

　　밥 한 끼 차려드리고자 마트에 들러 장을 본다 제한된 음식이 많은
터라 맘 놓고 고르지도 못한다 버섯과 물미역, 소고기 치맛살, 돼지갈
비를 샀다

　　그녀의 얼굴을 보면 죄책감만 쌓인다 부엌으로 발걸음 옮기며 장
바구니를 푼다

　　수도꼭지에서 핏물이 흐르고 가스레인지에서 칠순의 세월이 불꽃
되어 피어난다 프라이팬은 수혈하는 혈액을 달구며 냄비뚜껑으로 새
어 나오는 김은 역류하는 바람의 배후다

　　푸짐하니 거뜬한 상 식탁에 마주 앉은 엄마와 아버지 밥을 넘길 때
마다 꿀꺽하는 소리가 났다

　　그녀의 목구멍에서 삼키는 음식물의 신호 그 소리 들을 때마다 철
렁하며 오므라드는 뱃속 울컥하는 쇳소리로 혈액이 솟구쳤지만 나는
그녀의 밥 위에 맛있는 갈비를 또 올려준다

　　해 질 녘 서산으로 돌아오는 동안에도 그녀의 꿀꺽은 지워지지 않
는다

-「꿀꺽」 전문

아픈 어머니를 위해 시의 화자가 차리는 "밥 한 끼"에는
어머니의 병이 낫기를 바라는 화자의 간절함이 담겨 있다.
부모님이 음식을 삼킬 때 내는 꿀꺽 소리를 들을 때, 화자의
내부에서도 울컥하며 연민의 감정이 반응한다. '꿀꺽' 소리
에 화자가 예민하게 의식하는 것은 부모에 대한 화자의 연
민의 크기를 잘 보여준다. 병든 어머니가 밥을 삼킬 때 들리
는 '꿀꺽' 소리는 어머니의 병든 몸과 대조되어 화자에게 더
욱더 아프게 각인되는데, 이는 그의 죄책감 때문이기도 하
다. 꿀꺽 소리를 듣는 순간 마치 대답이라도 하는 것처럼 화
자의 내부에서는 '울컥' 하는 움직임이 일어난다. 오영미 시
인은 부모와 자식 사이에서 서로 마주치는 사랑과 연민의 감
정을 '꿀꺽' 과 '울컥' 으로 조응시키면서 감각적으로 표현
해 낸다.

    빈집, 텅 빈 집
    그녀가 병원에 입원하면
    대궐 같은 큰 집이 텅 비어있네

    인적 없는 밭에서
    가지와 오이, 고추, 호박이
    주렁주렁 매달려 주인을 기다리고 있네

    속절없이 짖어대는 곰탱이의 컹컹거림
    하늘 울리며 검은 구름 찢기는데
    아무래도 좋다는 듯 팔짝거리기만 하네

장독대 아래 머루 포도는 걱정이 없나보다

나무지지대를 타고 올라

밤나무까지 닿은 걸 보니

오오, 그녀가 사랑한 데이비드 오스틴 영국 장미

앞마당 돌 틈에서

오렌지 노란 향기가 빈집을 지키고 있네

-「상서리 꼭대기 집」 전문

위의 시에서 어머니는 화자에게 집과 마찬가지이다. 어머니가 병환으로 집을 비우자 집은 텅 비어버린다. 텅 빈집은 화자의 마음 상태를 그대로 보여준다. 「상서리 꼭대기 집」 시 전체가 화자의 마음의 풍경이다. 화자에게 어머니가 집을 비웠다는 사실 때문이 아니라, 어머니의 병환 때문에 화자는 "하늘 울리며 검은 구름 찢기는" 것 같은 심정 상태에 빠지게 된 것이다. 어머니가 다시 건강해져서 집에 돌아오기를 간절히 바라는 화자의 마음은 위 시의 마지막 연에 잘 나타나 있다. 어머니 대신 빈집을 지키는 장미의 "노란 향기"는 어머니의 쾌유를 간절히 바라는 화자의 마음이다.

「사남매의 꿈」과 「삼사에 싹이 나서」를 보면, 시인의 시에서 어린 시절은 상처가 없던 시간이며 절망적인 상실감을 체험하기 이전의 시간임을 잘 알 수 있다. "뽀얀 쌀 위에 콩과 나물 섞어/냄비에 밥 지었지/우리는 피어오르는 김 앞에 쪼그려 앉았지/우리의 눈이 거기/우리의 코와 입이 그 속에서 타들어 갔지"(「사남매의 꿈」), "온 가족이 둘러앉아/찐 감자의 껍질 벗기며/손뜨겁게 호호 불던 생각이 나/

113

배고프던 시절/포슬 익은 감자 위에/열무김치를 얹어 먹었지/밥 대신 감자였어/바닥 넓은 양은그릇에/감자를 으깨 설탕을 섞으면/어느 집 식사가/그것처럼 맛있었을까"(「감자에 싹이 나서」)에서처럼 어린 시절은 행복한 기억이 닿아 있는 시간이다. 이 시간 속에는 가족과 놀이와 음식이 함께 따뜻하게 어우러져 있다. 시인은 물질적인 가난과는 무관하게 정서적으로 풍족했던 어린 시절을 현재 시간으로 소환하지만, 그는 그때로 다시 돌아갈 수는 없다는 것을 잘 알고 있다.

3. 느슨한 시간으로 들어가다

오영미 시인은 느슨함과 은근함의 시간을 노래한다. "딱 맞는 건 불편해/사람도 인생도 헐렁한 게 좋아졌어"(「참, 오래 걸렸어」)라고 시의 화자는 오랜 시간이 걸려서야 느슨함을 사랑할 수 있게 되었다고 고백한다. "은근 앞에 강렬함이 이길 수 없다는 걸 그동안 왜 몰랐을까"(「은근하다는 것」)에서처럼 은근한 속도의 강력함은 미지에서 지혜로운 시간으로 나아가는 자만이 알아차릴 수 있는 감각이다. 시인의 시적 자아의 아픔과 상처는 더 이상 그를 억압하지 못한다. "지금까지 내가 붙들려서 살아온 빈터/갓난아기를 잃었던 아픔도/그 일로 남편과 수십 년을 떨어져/혼자 생계를 꾸려온 나의 삶에서 벗어나/나도 나무처럼 뿌리를 자르고/다른 모습으로 거듭나고 싶습니다"(「나무처럼」, 『올리브 휘파람이 확』)에서 시인의 시적 자아는 이전의 자신과는 다른 모습으로 거듭나고 싶다는 바람을 갖는다. 이 같은 그의 간절한 바람은 시인의 새 시집에서 실현된 것으로 보인다.

모름지기 너무 조이지 말고
미끄럼 없고
흘러내리지 말고
그래야 내 발이 편하지

오늘 아침 양말을 신는데
산타할아버지 선물 주머니인 줄 깜짝 놀랐어
양말 입구는 괄약근이 늘어졌는지
속은 허파에 바람 빠졌는지 모두 헐렁했어

매일 신었던 양말이지만 몰랐어
그 속에서 내 발가락은 엄청 편했을 거야
내 마음 양말처럼 헐렁해졌나 봐, 오래 걸렸어
많이 너그러워졌지

새것은 자꾸 발목에 자국이 패여
비표처럼 새겨지면 쉽게 사라지지노 않아
딱 맞는 건 불편해
사람도 인생도 헐렁한 게 좋아졌어

─「참, 오래 걸렸어」 전문

오영미 시인이 시집에서 보여주는 자기 구원의 시 의식은 벗어날 수 없는 감옥으로 생을 인식하는 것에서 시작한다.

그의 시적 자아가 수없이 체험하는 절망적인 상황들은 그의
의지나 선택에 속한 것이 아니다. 또한 그러한 상황에서 그
를 벗어나도록 도와 줄 존재는 없다. 그가 불행하다고 느끼
는 일들이 운명적 충돌이라고 할 때, 그는 다만 현실을 거부
하거나 받아들이거나 할 수 있을 뿐이다. 그러나 불행한 일
들 역시 삶의 본질적인 것임을 이해하고 받아들임으로써 그
는 누구도 할 수 없었던 것, 다시 말해 생이라는 '안개 감
옥'에서 자신을 구원할 수 있게 된 것이다.

내 나이가 삼만 살이나 되었던 때
그때, 지독하게 어두웠던 방에서
웅크리며 떨고만 있었다, 매일
세상에 혼자 버려진 듯 우울한 표정
웃는 것이 사치였던 삼만 년
카페 야외 테라스에서 친근한 목소리가 들린다
익숙한 웃음소리
떠난 기억들로 악수하며 묻는다
너, 편안함에 이르렀는가

-「해후」전문

삼만 살의 시간이 갖는 상징은 벗어날 수 없었던 우울함
의 긴 터널이다. 위 시의 화자는 암전 상태의 긴 터널을 벗
어나 바깥으로 걸어 나온다. 화자의 조용하지만 빛이 깃든
목소리로 자신의 이야기를 들려준다. 그의 내부에서 오랫
동안 꺼지지 않은 치유의 힘이 드디어 삼만 년 동안 머물
던 암흑의 방에서 그를 이끌고 나온 것이다. 그는 환한 빛

과 해후하며 익숙한 이들의 웃음소리와 해후한다. 그는 이제 "강한 유전자로 당당하게 살아남은/야생 바나나"(「마다가스카르 바나나」)처럼 고단한 삶을 견뎌낸 자기 자신에게 믿음과 신뢰를 보낸다.

오영미 시인은 이번 시집에서 절망적인 상황에서 자신이 벗어날 수 있는 계기는 현실의 거부와 부인이 아니라 그것을 받아들일 때 발견할 수 있음을 형상화 한다. 시인의 시적 자아는 과거의 자신에게서 벗어날 수 있는 힘은 외부에서 오지 않으며, 오로지 자신의 의지에 달려 있다는 것을 깨닫는다. 그는 거부와 상처와 정신적 허기에서 스스로 벗어나 느슨함과 은근함의 시간으로 들어간다.

조해옥 ㅣ 한남대 교수, 문학평론가

시와정신詩選 16

상처에 사과를 했다

ⓒ오영미, 2019

초판 1쇄 | 2019년 3월 11일

지 은 이 | 오영미
펴 낸 곳 | **시와정신**
주　　소 | (34445) 대전광역시 대덕구 대전로1019번길 28-7
　　　　　신창회관 2층
전　　화 | (042) 320-7845
전　　송 | 0507-713-7314
홈페이지 | www.siwajeongsin.com
전자우편 | siwajeongsin@hanmail.net
편　　집 | 정우석 010_9613_1010
공 급 처 | (주)북센 (031) 955-6777

ISBN 979-11-89282-08-0   03810

값 10,000원

오영미 시인은 충남 공주에서 태어나 공주에서 성장하였고, 충남 서산에 살고 있다. 계간 『시와정신』 시 부문 신인상으로 등단하고, 한남대 문예창작학 석사를 수료하였다. 한국문인협회 서산지부장을 역임하였으며 한국시인협회, 충남문인협회, 충남시인협회, 한남문인회, 서산시인회와 소금꽃동인 활동을 하고 있다. 시집으로 『벼랑 끝으로 부메랑』『올리브 휘파람이 확』『모르는 사람처럼』『서산에 해 뜨고 달뜨면』이 있고, 에세이집으로 『그리운 날은 서해로 간다 1, 2』가 있다. 오영미 시인의 다섯 번째 시집인 『상처에 사과를 했다』는 오랜 시간이 흐른 뒤 깨닫게 되는 '자기 구원의 시'며 '연민과 안타까움의 감각적 표현'이 살아있으며, 추상의 감정을 감각적으로 표현하는데 있어 시인의 탁월함을 보여준다. "상처에 사과를 했다"는 '나를 있는 그대로 볼 수 있게 되었다'로 바꿔볼 수 있다. 화자인 내가 상처에 사과를 하였다는 것은 그 상처의 이유를 밖에서 찾지 않겠다는 의지의 표명이다. 그것은 그에게 받은 상처와 책임을 떠넘기는 말에 더는 흔들리지 않겠다는 것이며, 내가 주인이 되는 삶은 상처 입은 나를 내가 치유하는 데서 비로소 시작하는 것이다. 이 같은 간절한 바람은 시인의 새 시집에서 실현된 것으로 보인다. 그리고 시인의 시적 자아는 과거의 자신에게서 벗어날 수 있는 힘은 오로지 자신의 의지에 달려 있다는 것을 깨닫는다. 거부와 상처와 정신적 허기에서 스스로 벗어나 느슨함과 은근함의 시간으로 들어가는 것이다.

이메일 : sukha21@hanmail.net